Marliese Arold

Ella Vampirella

Zeichnungen von Philip Hopman

Loewe

Die Deutsche Bibliothek – CIP-Einheitsaufnahme

Arold, Marliese:
Ella Vampirella / Marliese Arold.
– 1. Aufl. – Bindlach : Loewe, 1997
(Lesekönig)
ISBN 3-7855-2974-0

Dieses Buch ist auf chlorfrei gebleichtem Papier gedruckt.

ISBN 3-7855-2974-0 – 1. Auflage 1997

Umschlagzeichnung: Philip Hopman
Umschlagkonzeption: Funke-Frahm
Satz: DTP im Verlag
Gesamtherstellung: Westermann Druck Zwickau GmbH
Printed in Germany

Inhalt

Gefährliche Ladung

„Stimmt was nicht, Arthur?“ Sascha, der Fahrer des kleinen Transporters, machte sich Sorgen. Was war bloß mit Arthur los? Seit Sascha die beiden Kisten aufgeladen hatte, war der Dackel wie ausgewechselt. Er hatte den Schwanz eingezogen und die Augen guckten unglaublich traurig. So traurig schaute Arthur sonst nur, wenn Sascha vergessen hatte ihn zu füttern.

Sascha seufzte. „Hund, du bist verfressen! Hast du nicht erst vor einer Stunde was bekommen? Nein, nein, guck mich nicht so an. Du bist ein Weltmeister im Betteln!“

Arthur winselte. Im Moment sah er nicht aus wie ein Weltmeister, sondern eher wie ein Häuflein Elend mit Dackelfell.

„Na gut, Arthur, du hast wieder mal gewonnen.“ Schon tastete Sascha nach seiner Hosentasche. Vielleicht war dort ja noch eine Trockensalami oder ein Schokoriegel.

Im gleichen Augenblick holperte der Lieferwagen über eine unebene Stelle und schlingerte nach rechts. Sascha brauchte beide Hände um das Lenkrad festzuhalten.

„Tut mir wirklich Leid, Arthur, aber es geht jetzt nicht. Du musst dich noch ein paar Minuten gedulden. Bald sind wir ja oben. Verdammt schlechter Weg. Wenn ich einhändig fahre, dann stürzen wir vielleicht noch in den Abgrund. Das siehst du doch ein, oder?“

Arthur gab keine Antwort und schaute aus dem Fenster.

Der Weg war wirklich lausig schlecht. Warum in aller Welt brauchte man da oben auf dem Berg die beiden Kisten? Die ganze Sache kam Sascha höchst seltsam vor.

Normalerweise machte sich Sascha wenig Gedanken, welche Sachen er transportierte oder für wen er einen Auftrag ausführte. Hauptsache, er bekam sein Geld. Und es gab wahrhaftig schlechtere Jobs als Kurierfahrer zu sein.

Dieser Auftrag war ziemlich überraschend gekommen. Genau genommen war Sascha für einen Kollegen eingesprungen, der krank geworden war.

Wie immer hatte er die Kisten und die dazugehörigen Papiere von der Verteilungsstelle abgeholt. Ein Teil der Ladung ging in die Stadt, einige Kartons sollte er in den umliegenden Dörfern abgeben. Und die beiden letzten Kisten musste er hier auf diesen verflixten Berg bringen.

Auf dem Frachtschein war als Adresse „Wildenburg“ angegeben. Sascha hatte sich erst danach erkundigen müssen. Er erfuhr schließlich, dass die Wildenburg eine uralte Ruine war. Sie stand auf eben diesem Berg und hinauf führte nur dieser eine Weg voller Schlaglöcher.

„Was für eine gottverlassene Gegend“, schimpfte Sascha vor sich hin. „Nichts als ein dunkler Tannenwald ... Man kann direkt Angst kriegen.“

Der Wagen holperte so sehr, dass alle Teile klapperten. Hoffentlich hielt er die Fahrt überhaupt durch!

Sascha fühlte sich immer unbehaglicher. Wer bestellte Sachen für eine verlassene Burgruine? Vielleicht war in den Kisten ja Schmuggelware. Gewehre oder Rauschgift ...

Jetzt wurde der Weg etwas breiter. Die Burgmauern ragten vor Sascha auf: altes, verfallenes Gemäuer, mit Efeu überwachsen. Obwohl es heller Tag war, hatte Sascha plötzlich Angst. Er mochte alte Burgen nicht. Sie waren ihm unheimlich.

Der Wagen holperte durch ein steinernes Tor in den Burghof. Sascha hielt an. Weit und breit war keine Menschenseele zu sehen. Genau, wie er es sich gedacht hatte! Niemand erwartete an diesem verlassenen Ort eine Lieferung.

„Mist“, knurrte Sascha.

Arthur jaulte und kratzte an der Tür. Er wollte raus. Sascha stellte den Motor ab und öffnete die Tür. Wie ein Blitz schoss Arthur durch den Burghof. Auch Sascha stieg aus. Vielleicht traf er ja doch noch jemanden.

Er formte seine Hände zu einem Trichter. „Hallo!“

Irgendwo krächzte ein Rabe. Eine andere Antwort bekam Sascha nicht. Er wurde wütend. Hatte sich da jemand einen Scherz erlaubt?

Wenn niemand da war, bei wem sollte er dann die Kisten abgeben? Nachdenklich zündete sich Sascha eine Zigarette an und lehnte sich gegen den Lieferwagen.

Arthur hatte inzwischen genug herumgestöbert und kam hechelnd zu ihm zurück. Wieder benahm sich der Hund ganz seltsam, sobald er sich dem Wagen näherte. Er klemmte den Schwanz ein, zitterte und winselte dabei kläglich.

Sascha hielt es nicht mehr aus. Er warf seine Zigarette in den Staub und trat sie aus. „Na gut", meinte er. „Normalerweise ist es ja verboten, aber diesmal werde ich in die Kisten schauen."

Sascha öffnete die Klappe des Laderaums. Die beiden Kisten standen noch genauso darin, wie er sie eingeladen hatte. Die Schlösser sahen nicht sehr stabil aus. Die würde er schon aufkriegen.

Sascha zerrte die Kisten mühsam heraus. Dann zögerte er. Erst kürzlich war in der Nähe eine Bank ausgeraubt worden. Und wenn in den Kisten die Beute versteckt war? Sollte er nicht doch besser die Polizei einschalten? Ach was, erst mal aufmachen!

Er fasste die kleinere Kiste an. Das Schloss ließ sich tatsächlich ganz leicht öffnen. Arthur jaulte auf, als Sascha den Deckel anhob und durch den Spalt in die Kiste spähte. Er sah graubraunes Fell und zwei Hinterläufe. In der Kiste lag ein Tier!

„Verflixt", schimpfte Sascha. „Will da jemand seinen toten Hund loswerden?"

Und was das für ein riesiger Hund war! Halt – war es wirklich ein Hund? Sascha runzelte die Stirn. Das Tier sah eher aus wie ein Wolf!

Dann entdeckte Sascha, dass einer der Hinterläufe noch zuckte. Ein unbeschreibliches Grauen erfasste ihn. Voller Schreck schlug er die Kiste zu, sprang in sein Auto und ließ den Motor an. Arthur war mit einem Satz neben ihm.

„Nichts wie weg", murmelte Sascha. Er schlotterte am ganzen Leib. „Mir reicht's! Wer weiß, was erst in der großen Kiste steckt!"

Er brauste durch den Burghof. Nur fort von diesen schrecklichen Kisten! Den Frachtschein warf er einfach durchs offene Fenster. Der Zettel wurde von einem Windstoß erfasst und flatterte durch die Luft, während der Lieferwagen den Weg hinunterholperte.

Die falsche Burg

Zum Glück sah Sascha nicht mehr, wie sich der Kistendeckel öffnete. Der Wolf, der ihm solche Furcht eingejagt hatte, stieg heraus und sah sich im Burghof um. Das zottige Fell leuchtete in der Nachmittagssonne, als er zur zweiten Kiste schlich und lauschte. Im Innern rührte sich nichts.

Der Wolf trommelte ungeduldig auf die Holzkiste. „He, Ella“, japste er. „Wir sind angekommen.“

In der großen Kiste gähnte jemand. Dann sagte eine helle Mädchenstimme: „Ist es denn schon dunkel, Wolfi?“

Der Wolf schaute zur Sonne und kniff geblendet die Augen zusammen. „Noch nicht ganz, Ella“, antwortete er.

Er hörte einen Seufzer. „Wie oft muss ich dir das denn noch erklären?“, kam es ein wenig ungeduldig aus der Kiste. „Als Vampir kriegt man bei Tageslicht einen furchtbaren Sonnenbrand. Dazu reicht schon ein ganz kurzer Augenblick.“

„Schade“, brummte Wolfi enttäuscht. „Wir könnten tagsüber so viel unternehmen! Aber immer liegst du in dieser dummen Kiste oder in deinem Sarg. Das ist doch sterbenslangweilig.“

„Gar nicht“, widersprach Ella. „Ich träume und denke mir Geschichten aus und dann überlege ich auch noch, was wir nachts unternehmen können.“ Sie lachte leise. „Für heute Nacht brauche ich mir nichts zu überlegen. Die Party bei Tante Esmeralda wird bestimmt toll. Ob viele Gäste kommen? Was meinst du, Wolfi?“

Wolfi schaute sich um. Der Ort sah verlassen aus. Die Gäste würden wohl erst nach Sonnenuntergang eintreffen. „Bis jetzt ist noch niemand da.“

„Ich bin so aufgeregt“, gestand Ella. „Zum ersten Mal bin ich allein verreist.“

„Allein?“, knurrte Wolfi beleidigt. „Ich zähle wohl nicht?“

„Natürlich zählst du“, sagte Ella schnell. „Ich meine, es ist die erste Reise ohne Mama und Papa.“

Tante Esmeralda war ihre Patentante und Ella liebte sie über alles. Unter anderem deshalb, weil Tante Esmeralda ihr zum Geburtstag Wolfi geschenkt hatte. Ella hatte sich schon immer einen kleinen Werwolf gewünscht.

Leider war die Einladung zu Tante Esmeraldas Party zu einem sehr ungünstigen Zeitpunkt gekommen. Es herrschte Panik unter den Vampiren auf dem Friedhof. Arbeiter wollten den ältesten Teil einebnen. Davon waren auch die Gräber der Vampirellas betroffen. Ellas Mutter, Frau Vampirella, bekam einen Nervenzusammenbruch und lag noch kraftloser im Sarg als sonst. Herr Vampirella schmiedete in aller Eile Pläne. Die verfallene Klosterkapelle hatte eine Gruft, die zumindest als Notunterkunft für obdachlose Vampire dienen konnte. Der Umzug musste nachts über die Bühne gehen. Am nächsten Tag kam nämlich schon der Bulldozer, riss die Erde auf und schüttete alle unterirdischen Hohlräume zu.

Die Vampirellas waren gerade noch einmal davongekommen, doch die Stimmung war mies. Frau Vampirella gefiel die neue Gruft überhaupt nicht, obwohl es darin prima Verstecke gab. Herr Vampirella hatte sich beim Umzug den Knöchel verstaucht und musste sich auskurieren. Verständlich, dass niemand große Lust hatte Esmeraldas dreihundertdreiunddreißigsten Geburtstag zu feiern. Das heißt, Ella hatte schon Lust. Unheimlich große Lust sogar. Aber eine so weite Reise und ganz allein?

Das war ein Kampf gewesen! Ella hatte nächtelang geheult und gebettelt, gemault und genörgelt. Sie hatte gedroht auszureißen und sich dem hellen Tageslicht auszusetzen, wenn sie nicht zu der Party gehen durfte. Schließlich hatten die Eltern nachgegeben und ihr die Reise erlaubt. Wolfi durfte auch mit.

Wolfi und Ella sollten in zwei Kisten reisen. Ein zuverlässiges Transportunternehmen wurde damit beauftragt die Kisten zum Zielort zu bringen. Tante Esmeralda wollte ihre Party auf einer alten Burg feiern. Die Party würde mindestens drei Nächte dauern, hatte Esmeralda in ihrem Brief angekündigt. Schließlich war der dreihundertdreiunddreißigste Geburtstag etwas ganz Besonderes.

Ella konnte es kaum erwarten. Sie war noch nie auf einer richtigen Party gewesen, Kindergeburtstage ausgenommen. Ob sie viele nette Vampire kennen lernen

würde? Hoffentlich waren auch andere Gäste in ihrem Alter da, so zwischen achtzig und neunzig Jahren. Zusammen würden sie die Party bestimmt mächtig aufwirbeln!

„Schau dich mal genauer um", sagte Ella zu Wolfi. „Sind wirklich noch keine Leute da? Wie sieht die Burg aus? Ist sie mit Girlanden geschmückt? Stehen Bänke herum? Gibt es eine Tanzfläche?"

Wolfi guckte sich die verfallenen Mauern und die überwachsenen Burgwände an. „Es ist hübsch hier", meinte er. „Mir gefällt es. So schön einsam."

„Och, Wolfi." Ella seufzte. Manchmal war Wolfi nervig. Er sollte ihr doch bloß erzählen, was er sah. Aber Werwölfe betrachteten eben alles mit anderen Augen als Vampire. Ella seufzte noch einmal. Diesmal fiel es ihr schwer in ihrer Kiste zu warten, bis die Sonne untergegangen war.

„Ich lauf' mal ein bisschen rum", kündigte Wolfi an und schon hörte Ella, wie Pfoten davontappten und Zweige raschelten.

„Sei vorsichtig", rief sie ihm nach, aber sie bekam keine Antwort. Ella seufzte zum dritten Mal. Na gut, Wolfi war ja schon ziemlich groß. Sie musste nicht mehr ständig auf ihn aufpassen. Gefährlich wurde es nur in den Vollmondnächten. Dann verwandelte sich Wolfi immer in einen Menschenjungen. Als Junge war er ängstlich und heulte, wenn er sich das Knie aufschlug. In letzter Zeit fing er sogar an sich vor Vampiren zu fürchten.

„Eines Tages wird er uns alle verraten", hatten Ellas Eltern prophezeit, aber Ella war überzeugt davon, dass Wolfi das niemals tun würde. Außerdem waren es in jedem Monat nur ein paar Nächte, in denen Wolfi zum Menschenjungen wurde, und Ella fand das durchaus erträglich. Man musste in diesen Nächten eben besonders gut auf ihn aufpassen.

Während Ella in ihrer Kiste lag und auf den Sonnenuntergang wartete, streifte Wolfi durch die Burg. Er entdeckte den alten Brunnen, einige verfallene Kellergewölbe, in denen es modrig roch, und den Burggraben – ohne Wasser, aber mit vielen Brennnesseln. Es gab kaputte Treppen, einen Turm und ein paar Terrassen. Wolfi vergaß beim Herumstöbern die Zeit. Plötzlich merkte er, dass die Sonne schon untergegangen war. Der Mond stieg als bleiche, runde Scheibe am Himmel empor. Wolfi hätte sich am liebsten auf die Hinterpfoten gesetzt und aus voller Kehle den Mond angeheult. Aber er musste zu Ella und ihr Bescheid sagen, dass sie jetzt rauskommen konnte.

Er rannte zur Stelle zurück, an der die Kisten abgeladen worden waren. Aber Ella hatte schon die Beine über den Kistenrand geschwungen und empfing ihn mit einem vorwurfsvollen Blick. „Da bist du ja endlich."

„Die Sonne ist untergegangen", keuchte Wolfi.

„Ich weiß." Ella baumelte mit den Beinen. „Ich hab' es gespürt, dass es soweit sein muss. Wahrscheinlich hab' ich so eine Art innere Uhr dafür – wie die meisten

Vampire." Sie hüpfte von ihrer Kiste herunter, dehnte und streckte sich und wirbelte ein paarmal um ihre eigene Achse. „Ach, ich freu' mich so. Meine erste Party! Ich werde tanzen, bis die Sonne aufgeht. Und ich werde Tante Esmeralda wiedersehen. Meine Lieblingstante!"

Sie drehte sich noch immer im Kreis. Wolfi wurde es schon vom Zuschauen schwindlig.

Plötzlich blieb Ella stehen und starrte auf den Mond. „Du liebe Güte! Vollmond! Daran habe ich gar nicht mehr gedacht! Hoffentlich benimmst du dich anständig, wenn du dich in einen Jungen verwandelst, Wolfi! Blamier mich bloß nicht vor den ganzen Gästen. Wenn du wieder so ein Waschlappen bist und bei jedem dunklen Kleid ‚Huch' und ‚Hilfe!' schreist, dann ..." Ella stockte. Sie reckte den Hals und sah sich um. „Hölle und Sargnagel! Eigentlich müsste es hier doch längst von Gästen wimmeln! Warum ist noch keiner da?" Sie blickte Wolfi mit ihren grünen Augen an.

„Ich hab' nichts gemacht", verteidigte sich der Werwolf.

„Ehrenwort? Schwindelst du auch nicht? Schau mir in die Augen, Wolfi! Du hast nicht zufällig ein paar Gäste erschreckt? Manche Vampire mögen nämlich keine Werwölfe ..."

Wolfi beteuerte seine Unschuld.

„Na gut, ich glaube dir. Aber kannst du mir sagen, warum dann keiner da ist? Haben wir uns im Datum geirrt? Sind wir eine Nacht zu früh gekommen? Aber

Tante Esmeralda müsste doch wenigstens hier sein ... Wirklich merkwürdig!"

Ella ging durch den Burghof und Wolfi trottete mit gesenktem Kopf hinter ihr her.

Ella formte die Hände zu einem Trichter. „Hallo!", rief sie immer wieder. „Tante Esmeralda! Hallo!" Niemand antwortete. Nur die Burgmauern warfen das Echo ihrer Stimme zurück. Ella ließ die Arme sinken. „Seltsam."

„Ich hab' auch keinen Sarg gesehen", sagte Wolfi.

„Wie?"

„Keinen Sarg, keinen Friedhof, keine Gruft. Hier gibt's nur feuchte Löcher, aber die sind leer."

„Bestimmt hast du nicht überall nachgesehen“, meinte Ella. „Tante Esmeralda hat ihren Sarg sicher an einem guten Platz versteckt.“ Wieder fing sie an zu rufen. Plötzlich brach sie mitten im Wort ab und starrte auf ein Schild, das an einer Mauer befestigt war.

„Sieh dir das an, Wolfi!“

„Du weißt doch, dass ich nicht lesen kann“, knurrte Wolfi.

„Aber ich.“ Ella buchstabierte: „‚Wildenburg. Betreten auf eigene Gefahr‘. Hast du gehört, Wolfi? Wilden*burg*!“

Wolfi legte den Kopf schief. „Wildenburg. Na gut. Ich finde nicht, dass der Ort besonders wild aussieht, aber über Namen kann man sich streiten.“

„Tante Esmeralda wohnt aber nicht auf der Wildenburg, sondern auf Burg Wilden*stein*!“

„Wildenstein, Wildenburg“, wiederholte Wolfi. „Das ist doch egal.“

„Das ist überhaupt nicht egal! Wir sind nämlich auf die falsche Burg gebracht worden, mein Lieber! Deswegen sind noch keine Gäste da, deswegen ist Tante Esmeralda noch nicht gekommen und ... Ach!“ Ella ließ sich ins Gras fallen und trommelte wütend mit ihren Fäusten auf den Boden. „Was machen wir jetzt bloß? Am Ende verpassen wir noch die Party! Und ich habe mich so darauf gefreut!“ Ella musste vor lauter Enttäuschung schniefen.

Da wurde Wolfi auch traurig. Er konnte es nicht ertragen, wenn seine Freundin Kummer hatte. Dann fühlte er sich immer ganz elend. Und außerdem war Vollmond. Wolfi hockte sich ins Gras, schaute den Mond an und stieß ein lautes Klagegeheul aus.

„Hör sofort mit dem Theater auf!", fauchte Ella ihn an. „Glaubst du, ich kann bei dem Lärm nachdenken?"

Wolfi war sofort still und wartete. Es dauerte eine halbe Ewigkeit, dann legte Ella den Finger an die Nase und verkündete: „Ich hab' eine Idee!"

Ellas Nachtflug

„Ich werde in den nächsten Ort fliegen und dort nach der Ruine Wildenstein fragen“, verkündete Ella.

Dieser Vorschlag gefiel Wolfi überhaupt nicht. „Du willst mich allein lassen? Und wenn die Menschen dich verfolgen und schnappen? Wenn du nicht zurückkommst, was dann?“

„Wenn, wenn, wenn!“, äffte Ella den Werwolf nach. Sie ärgerte sich. Wolfi hatte die Angewohnheit sich immer gleich das Schlimmste auszumalen. Es war ja nicht so, dass sie ihn gern allein ließ. Aber Fliegen ging viel schneller. Außerdem fürchteten sich die meisten Menschen vor Wölfen und Wolfi würde unangenehm auffallen. Nein, es war besser, er blieb hier auf der Burg, bis sie zurückkam.

„Es dauert ja nicht lange“, versuchte Ella Wolfi zu beruhigen. „Eine Stunde oder zwei, dann bin ich wieder da.“

„Aber heute Nacht werde ich mich verwandeln“, wandte Wolfi ein.

„Bis Mitternacht bin ich längst zurück“, versprach Ella.

„Kannst du nicht so lange warten?“, schlug Wolfi vor. „Warum gehen wir nicht zusammen los?“

Ella überlegte. Zu Fuß wären sie sicher ewig unterwegs. Und was sollte sie sagen, wenn jemand fragte, warum sie mitten in der Nacht herumliefen? Zwei Kinder ohne Eltern ... Ganz klar, man würde sie für

Ausreißer halten und zur Polizei bringen. Und auf der Polizeiwache würde sich Wolfi beim ersten Sonnenstrahl in einen Werwolf zurückverwandeln und sie, Ella Vampirella, wäre ohne ihre schützende Kiste aufgeschmissen ... Nein, lieber nicht dran denken!

„Kommt gar nicht in Frage", sagte Ella laut zu Wolfi. „Das ist viel zu riskant. Du bleibst hier und damit basta!"

„Du bist gemein", maulte Wolfi. „Oh, jetzt weiß ich es! Du willst bloß ohne mich zu dieser Party fliegen. Du hast mich satt!"

„Unsinn", fauchte Ella. „Hör sofort auf mit dem Gejammer. Du weißt genau, dass ich dich nie hergeben würde. Du bist das Liebste, was ich auf der Welt habe. Jedenfalls gleich nach Mama und Papa."

Da gab Wolfi nach. Wenn Ella unbedingt wollte, dass er auf der Burg blieb, dann würde er eben hier auf sie warten.

„Aber erst muss ich etwas essen", entschied Ella. „Ich bin viel zu schwach zum Fliegen." Sie ging zu den Kisten zurück und holte ihren Rucksack heraus. Darin steckte der Proviant für die Reise.

Ella nahm eine Flasche heraus und schraubte den Deckel ab. Es roch verführerisch. *Bluta* stand auf dem Etikett. Ella leckte sich die Lippen. Die Flüssigkeit sah aus wie Kakao, enthielt aber genauso viele Vitamine und Mineralstoffe wie Blut. Für die Reise einfach ideal!

„Ich will auch was", bettelte Wolfi und stemmte sich hinter Ella auf die Kiste. „Hast du mein Futter dabei?"

„Na klar“, sagte Ella. Da Wolfi noch nicht ausgewachsen war, bekam er ein spezielles Werwolf-Kraftfutter, das für einen gesunden Knochenwuchs und glänzendes Fell sorgen sollte. Ella holte eine große Schachtel *Schnappi* aus der Kiste. Das Futter sah aus wie Kartoffelchips. Wolfi stürzte sich mit glänzenden Augen darauf.

Ella trank noch einen großen Schluck, schraubte die Flasche wieder zu und legte sie in die Kiste zurück. „Also, ich fliege jetzt los“, verkündete sie. „Stell nichts Dummes an. Ich bin bald zurück.“

Sie starrte auf ihre Fußspitzen und versuchte sich zu konzentrieren. Fliegen war nicht einfach. Man musste sich vorstellen ganz leicht und immer leichter zu werden, bis man schließlich überhaupt nichts mehr wog.

„Ich bin leicht, leicht, leicht!“, sagte Ella. Sie wollte zur Bekräftigung aufstampfen, doch ihre Bewegung ging ins Leere. Stattdessen spürte sie einen leichten Lufthauch in ihrem Haar.

Ella riss die Augen auf und blickte nach unten: Sie schwebte ungefähr zwei Meter über dem Boden.

„Bravo“, rief Wolfi.

Ella ruderte mit den Armen. Jetzt bloß nicht runterfallen! „Tschüs dann“, rief sie und stieg höher. „Ich bin bald zurück!“

„Tschüs, Ella“, antwortete Wolfi. Er sah ihr nach, bis sie nur noch ein kleiner Punkt am Himmel war, kaum größer als ein Fliegenklecks.

Der Wind zauste in Ellas Haar. Ab und zu begegneten ihr ein paar Fledermäuse. Einmal schwebte auch eine Eule eine Weile neben ihr.

Ella versuchte sich zurechtzufinden. Die Straßen sahen aus wie flache Nudeln. Auf der rechten Seite glänzte ein Fluss. Brrr, fließendes Wasser! Ella hatte es noch nie geschafft über Brücken zu gehen – wie die meisten Vampire. Fliegen würde erst recht nicht klappen. Schon beim Gedanken daran spürte Ella die klamme, kühle Feuchtigkeit, die vom Fluss aufstieg.

Zum Glück brauchte Ella nicht den Fluss zu überqueren, wenn sie den nächsten Ort erreichen wollte. Sie sah schon die Häuser und den Kirchturm. Ella flog weiter und kreiste über einem kleinen Park. Ob sie hier landen konnte?

Kurz darauf plumpste Ella in weichen Sand.

Sie war auf einem Spielplatz gelandet, doch um diese Zeit waren alle Kinder längst zu Hause.

Ella stieg aus dem Sandkasten, hockte sich auf den hölzernen Rand und streifte ihre Schuhe ab um den Sand herauszuschütteln. Im selben Moment sagte eine Stimme hinter ihr: „Warum bist du vom Himmel gefallen? Bist du ein Engel?"

Ella erschrak fürchterlich. Schon in der allerersten Flugstunde hatte der Lehrer ihr eingeschärft, dass man niemals landen durfte, wenn ein Mensch zusah. Ella drehte sich um.

Auf der Parkbank saß ein Mann. Er hatte neben sich eine Plastiktüte und eine große Flasche. Seine Augen glänzten so, dass Ella ihn fast für einen Vampir gehalten hätte. Doch dann roch sie den Alkohol. Sie wich zurück und hielt sich die Nase zu.

„Wie hast du das gemacht?", fragte der Alte interessiert. Er stand auf und wedelte mit den Armen. „Ich wollte schon immer mal fliegen können."

„Es ist nicht so einfach, wie es aussieht", stammelte Ella. „Ich glaube nicht, dass es bei Ihnen klappt. Man muss ... äh ... " Sie stockte. „Man muss gewisse Voraussetzungen mitbringen."

„Aha“, machte der Alte und wirbelte noch immer mit den Armen. „Und welche?“

„Dazu müsste ich Sie in den Hals beißen“, meinte Ella zaghaft und wich noch weiter zurück.

Der Alte ließ die Arme sinken. „Beißen?“, wiederholte er langsam. Er überlegte. „Na gut, wenn's unbedingt sein muss.“

Ella starrte ihn wortlos an. Sie hatte nicht die geringste Lust den Alten zum Vampir zu machen. Erstens war sie satt, zweitens roch der Typ widerlich nach Alkohol und drittens war sie hierher gekommen um sich nach Burg Wildenstein zu erkundigen.

„Los, mach schon", drängte der Alte. „Ich hab' nicht ewig Zeit."

„Aber Sie könnten dann nicht mehr tagsüber im Park sitzen", wandte Ella ein. „Sie müssten die Sonne meiden und sich einen Sarg anschaffen. Und Sie müssten natürlich auch Ihre Ess- und Trinkgewohnheiten umstellen."

„Das wär' mir die Sache wert", sagte der Mann, knöpfte den Hemdkragen auf und hielt den faltigen Hals schief. „Gut so?"

Ella machte auf der Stelle kehrt und rannte davon. Nur fort von dem närrischen Kerl, der unbedingt gebissen werden wollte. Ella hatte gelernt, dass sich die meisten Menschen vor Vampiren fürchteten. Wenn man Erfolg haben wollte, musste man sie überlisten. Sie hatte noch nie von einem Menschen gehört, der freiwillig gebissen werden wollte. Und dann noch dazu einer, der Alkohol im Blut hatte, brrr!

In ihrer Panik achtete Ella nicht darauf, wohin sie lief. Als sie keuchend anhielt, stand sie auf dem Kirchplatz. Der Vollmond tauchte alles in sanftes, silbriges Licht. Eine Katze huschte dicht an Ella vorbei und maunzte laut. Ella bückte sich um sie zu streicheln.

„Schade, dass du nicht reden kannst", sagte Ella zu der Katze. „Sonst hätte ich dich fragen können, wo Burg Wildenstein liegt."

Der Katze wurde es zu langweilig und sie floh mit großen Sprüngen über den Platz. Ella folgte ihr und entdeckte neben der Kirche einen kleinen Friedhof mit uralten, verwitterten Gräbern. Die Inschrift auf einer Steintafel erzählte von der Pest, die einst in diesem Ort gewütet hatte. Fast alle Bewohner waren damals gestorben. Vielleicht stand auf den anderen Tafeln etwas über die gesuchte Burg? Ella ging von Grab zu Grab.

Sie war so vertieft, dass sie zusammenzuckte, als die Turmuhr über ihr zu schlagen anfing. Ella zählte mit, verzählte sich aber mittendrin. Waren es zehn Schläge oder schon elf? Auf alle Fälle musste sie sich sputen, bevor Wolfi sich um Mitternacht in einen Menschenjungen verwandelte.

Ella verließ den Friedhof und kehrte auf den Kirchplatz zurück. Sie entdeckte eine Bushaltestelle und studierte den Fahrplan. Doch nirgends stand *Burg Wildenstein*. Mist, wie kam sie bloß dorthin?

Da kam ein Bus angefahren und hielt an der Haltestelle. Nur drei Fahrgäste saßen darin. Die Tür ging auf, aber niemand stieg aus.

Der Busfahrer schaute Ella fragend an. „Na, worauf wartest du noch? Das ist der letzte Bus, der nächste fährt erst morgen früh."

Ella fasste sich ein Herz. „Wie komme ich zu Burg Wildenstein?"

„Burg Wildenstein?" Der Busfahrer schüttelte den Kopf. „Diese Tour fahre ich nicht."

„Aber Sie kennen die Burg?", hakte Ella nach. „Sie wissen, wo sie ist?"

„Ungefähr dreißig Kilometer von hier, in östlicher Richtung", antwortete der Fahrer. „Die Burg gehört zum Dorf Zweihausen und steht auf dem Galgenberg. Aber warum willst du das mitten in der Nacht wissen? Wo sind überhaupt deine Eltern? Warum lassen sie dich um diese Zeit allein herumlaufen? Du bist doch höchstens zehn!“

„Ich bin dreiundachtzig“, wiederholte Ella ernst. „Und meine Tante feiert auf Burg Wildenstein eine Party, dazu bin ich eingeladen.“

Die Fahrgäste, die das Gespräch gehört hatten, brachen in lautes Gelächter aus.

„Dreiundachtzig will die Kleine sein, das ist wirklich ein guter Witz!“

„Und eine Party auf Burg Wildenstein! Na, prost Mahlzeit. Ich könnte mir wirklich einen gemütlicheren Ort vorstellen!“

„Willst du jetzt mitkommen?“, fragte der Busfahrer noch einmal.

Ella schüttelte den Kopf.

„Man müsste die Polizei benachrichtigen“, hörte sie einen Fahrgast sagen. „Bestimmt ist das Mädchen von zu Hause weggelaufen.“

Ella wartete nicht länger. Zum zweiten Mal an diesem Abend rannte sie davon, so schnell ihre Beine sie trugen. Sie sauste über den Kirchplatz, quer über den Friedhof und dann über eine große Wiese. Ella stoppte erst, als sie an einen kleinen Bach kam. Fließendes Wasser, igitt!

Sie lauschte. Nein, niemand kam hinter ihr her. Glück gehabt!

Allmählich beruhigte sich Ella wieder. Wenigstens wusste sie jetzt, wo die Burg war. Aber wie sollte sie mit Wolfi dorthin kommen? Sollten sie etwa die dreißig Kilometer zu Fuß gehen? Und was war mit den Kisten? Die konnten sie schließlich nicht einfach zurücklassen. Ella grübelte. Es war besser eine Nachricht an Tante Esmeralda zu schicken. Vielleicht konnte Esmeralda sie mit einem Wagen abholen.

Ja, das war es. Ella setzte sich auf eine Bank, die nicht zu dicht am Wasser stand, und wühlte in ihren Taschen. Sie fand einen Stift und den Brief mit der Einladung. Die Rückseite war noch frei. Ella war nicht besonders geübt im Schreiben, die Buchstaben wurden schief und krumm. Aber man konnte die Nachricht verstehen und das war die Hauptsache.

Liebe Tante Esmeralda,
wir sind leider auf der falschen Burg gelandet.
Sie ist ziemlich ruiniert und heißt Wildenburg.
Kannst du mich und Wolfi von dort abholen?

Viele Grüße, deine Ella.

PS 1: Wolfi hat gerade seine „Nächte", du weißt schon.
PS 2: Ich freue mich so auf deine Party, hoffentlich ist sie noch nicht vorbei, wenn wir kommen.
PS 3: Ich habe natürlich auch ein schönes Geburtstagsgeschenk für dich.

Ella las den Brief noch einmal durch und besserte ein paar Worte aus. Dann rollte sie den Zettel zusammen und guckte zum Himmel. Bestimmt waren da oben ein paar Fledermäuse unterwegs! Zum Nachrichtenübermitteln waren sie einfach ideal.

Ella setzte ihre Knochenflöte an die Lippen und spielte eine leise Melodie. Menschenohren hörten davon keinen einzigen Ton, aber Vampire und Fledermäuse konnten die Ultraschalltöne problemlos wahrnehmen.

Es dauerte gar nicht lange, da landete eine Fleder-

maus in Ellas Haar. Ella pflückte das Tier vorsichtig aus ihren Strähnen und untersuchte es. Es trug am Fuß einen Ring – das Kennzeichen einer ausgebildeten Nachrichten-Fledermaus. Ella schob ihren Zettel durch den Ring.

„Hör zu, kleine Flugmaus: Bring diese Nachricht zur Burg Wildenstein. Es sind ungefähr dreißig Kilometer. Du musst nach Osten fliegen. Die Burg steht bei Zweihausen, auf dem Galgenberg. Empfänger der Nachricht ist Esmeralda Vampirella. Hast du mich verstanden?"

Die Fledermaus stieß eine Reihe von Pfeiftönen aus. Ella verstand die Signale: „Kapiert, kapiert, lass mich los.“

Ella warf das Tier in die Luft und sah ihm nach, wie es davonflog. Bald war es nur noch ein schwarzer Schatten vor dem Mond. Der Mond erinnerte Ella an Wolfi. Höchste Zeit zur Burgruine zurückzukehren! Ella stieg auf die Bank und breitete die Arme aus.

Sie kreiste kurz über dem Ort um sich zurechtzufinden, dann schlug sie die Richtung zur Wildenburg ein.

Wolfi reißt aus

Wolfi wartete, dass Ella zurückkam. Er wurde immer unruhiger. Sein Fell juckte unerträglich. Das war ein deutliches Zeichen, dass er sich bald verwandeln würde. Wolfi jammerte leise und beobachtete, wie der Mond höher stieg.

Schließlich hielt er es nicht mehr aus. Das Stillsitzen machte ihn verrückt. Wer wusste schon, wann Ella zurückkam! Vielleicht hatte sie sich verflogen oder sie hatte unterwegs etwas Interessantes entdeckt und ihn einfach vergessen.

Wolfi grollte. Er schlich um die Kisten herum und die Kreise, die er zog, wurden immer größer. Ruhelos durchquerte er die Burg, sprang über Mauern, balancierte über Simse.

Schließlich entdeckte er ein Loch, das er bei seinem ersten Rundgang übersehen hatte. Eine alte Steintreppe führte in die Tiefe. Schnuppernd reckte Wolfi den Kopf vor. Er sprang die Stufen hinunter und entdeckte einen unterirdischen Gang. Er roch nach Ratten, Moder und Moos. Schnüffelnd tappte Wolfi durch den Gang. Seine Augen konnten auch im Finstern sehen. Da hockte eine Kröte, dort kroch ein Salamander ... Der Gang machte einen großen Bogen. Wo würde er wohl enden?

Wolfi rannte schneller. Er wollte wieder raus. Die modrige Luft war stickig und unangenehm. Dort vorne war wieder eine Kurve ... Die Nachtluft schlug

Wolfi entgegen. Geschafft, endlich! Da war der Ausgang.

Wolfi lief ins Freie, über eine Wiese. Der Mond ließ die Grashalme silbrig schimmern. In der Nähe plätscherte ein Bach. Wolfi hatte großen Durst. Er lief zum Bachufer und watete ins Wasser. In dem Moment hörte er eine Turmuhr schlagen. Zwölf Uhr! Mitternacht!

Die Verwandlung begann. Wolfis Körper veränderte sich. Das Wolfsfell fing an zu schlottern. Als sich Wolfi aufrichtete, fiel das Fell von ihm ab. Er stand als nackter Menschenjunge im Bach.

Sofort griff Wolfi nach dem Fell, das davonschwimmen wollte. Er durfte es auf keinen Fall verlieren, sonst konnte er sich nicht in einen Wolf zurückverwandeln, wenn es soweit war. Wolfi watete ans Ufer und hängte das Wolfsfell über einen Ast. Dann kletterte er die Böschung hinauf.

Er fröstelte im Nachtwind. Er brauchte unbedingt etwas zum Anziehen. Sonst hatte sich Ella immer darum gekümmert und ihm Hemd und Hose hingelegt, sobald er sein Wolfsfell abgestreift hatte. Sicher hatte sie auch diesmal etwas für ihn eingepackt, wahrscheinlich in ihre Kiste. Aber die Kiste stand auf der Burg und er war hier. Was sollte er bloß tun?

Wolfi blinzelte. Mit seinen Menschenaugen konnte er im Dunkeln viel schlechter sehen als mit den Wolfsaugen. Am anderen Ende der Wiese standen ein paar kleine Zelte. Dazwischen war eine Wäscheleine gespannt. Ob er dort etwas Passendes für sich finden würde?

Wolfi schlich sich vorsichtig an. Er hasste es sich auf zwei Beinen fortzubewegen. Außerdem vermisste er seine Reißzähne. Womit sollte er sich verteidigen, wenn er angegriffen wurde? Und das alles wegen Ella!

Obwohl sich Wolfi bemühte leise zu sein, knackten unter seinen nackten Sohlen Zweige. Endlich war er bei der Wäscheleine angelangt. Ein grauer Trainingsanzug sah aus, als ob er die richtige Größe hätte. Wolfi hüpfte in die Höhe und schnappte mit dem Mund nach den Teilen. Erst hinterher fiel ihm ein, dass er dazu besser seine Hände hätte nehmen können.

Wolfi schlüpfte in Hose und Oberteil. Der Trainingsanzug passte genau. Wolfi fühlte sich gleich ein bisschen wohler. Er ging einen Schritt zurück, doch dabei stolperte er über eine Zeltleine, die er nicht gesehen hatte. „Huch!“ Er erschrak selbst über seinen Schrei.

So als hätten sie nur auf ein Zeichen gewartet, krochen ringsum aus den Zelten lauter Jungen: Manche wirkten verschlafen, aber die meisten waren hellwach. Sie umringten Wolfi und grinsten ihn an.

„He, soll das ein Überfall sein?“

„Du musst früher aufstehen, wenn du uns erschrecken willst.“

„Wir haben damit gerechnet, dass ihr kommt.“

Wolfi schaute sich unsicher um. Wen meinten die bloß?

Jetzt kam ein junger Mann nach vorne. „Wo sind deine Freunde? Und zu welcher Gruppe gehörst du?“

„Ich ... ich bin eigentlich ein Werwolf“, stotterte Wolfi. „Und ich bin allein, weil mich Ella im Stich gelassen hat.“

Die Jungen lachten schallend.

„So, du gehörst also zu den Werwölfen“, sagte der Mann. „Komisch, ich kenne gar keine Gruppe, die sich so nennt. Na, wie auch immer, sei herzlich bei uns willkommen. Wir sind die Grasfrösche und für die meisten unserer Jungen ist dies das erste Zeltlager. Wie heißt du?“

„Wolfi ... äh, Wolfgang.“

„Ich bin Bert, der Gruppenleiter“, sagte der Mann und streckte Wolfi die Hand hin. „Deine Freunde sind wohl unterwegs irgendwo aufgehalten worden. Bis sie kommen, kannst du dich schon mal zu uns ans Lagerfeuer setzen. Magst du Würstchen mit Senf?“

Wolfi nickte. Da hakten ihn schon zwei Jungen links und rechts unter und schleppten ihn zu einer Feuerstelle. Bert entfachte die Glut und legte Holz auf. Ein paar Jungen schleppten Würstchen, Brötchen und Getränke herbei. Der Gruppenleiter holte eine Gitarre und zusammen sangen sie Lieder von Abenteuern, fernen Ländern und dunklen, unheimlichen Wäldern.

Wolfi fühlte sich wohl. Es war zwar alles neu für ihn, aber die Würstchen schmeckten gut und die Lieder, die Bert auf der Gitarre spielte, gefielen ihm.

Der Junge, der rechts neben Wolfi saß, hieß Gunter. Wolfi erfuhr von ihm, dass es während eines Zeltlagers üblich war, dass sich die Gruppen nachts gegenseitig „überfielen“ und dann gemeinsam feierten und Spiele machten.

Die Stimmung war gut, bis plötzlich einer der Jungen mit dem Finger auf Wolfi zeigte und rief: „He, wie kommst du dazu meinen Anzug anzuziehen?“

Wolfi spürte, wie er rot wurde. „Das ist meiner“, schwindelte er, aber der andere brüllte: „Du lügst!“

Er ballte die Fäuste und ging auf Wolfi los. „Zieh ihn sofort aus, du Dieb!“

Bert packte den Angreifer beim Ärmel. „Nun mal langsam, Simon! Wie kannst du behaupten, dass es dein Anzug ist?“

Simon zeigte auf einen Stofftiger, der auf dem Knie aufgenäht war. „Da war ein Loch. Deswegen hat meine Mutter den Tiger draufgenäht.“

Die Jungen brüllten alle durcheinander.

„Simon hat Recht.“

„Richtig, der Tigeranzug gehört Simon.“

„Der Anzug hat an der Wäscheleine gehangen.“

„Wolfgang hat ihn einfach geklaut.“

Wolfi schaute nach rechts und nach links. Alle starrten ihn feindselig an. Als Wolf hätte er jetzt geknurrt und die Zähne gefletscht. Als Menschenjunge rollte er nur verzweifelt mit den Augen. Warum war Ella nicht da? Warum half sie ihm nicht aus dieser verflixten Lage heraus?

„Hast du den Anzug wirklich genommen?“, fragte Bert.

Wolfi schluckte. „Ich ... ich hatte doch nichts zum Anziehen“, stammelte er.

Jetzt wurde der Lärm ringsum so laut, dass sich Wolfi die Ohren zuhielt. Die Jungen zerrten an seinen Ärmeln und Hosenbeinen.

Wolfi riss sich los. Er schubste Simon zur Seite und rannte, so schnell er konnte. Weg vom Feuer, zwischen den Zelten hindurch und quer über die Wiese. Die Jungen stürmten hinter ihm her, doch Wolfi war schneller. Seine Füße berührten kaum den Boden. Er lief und lief, bis er sicher war, dass er seine Verfolger abgehängt hatte. Dann blieb er endlich stehen und rang nach Atem. Sein Herz schlug in einem irrsinnigen Tempo.

Wolfi duckte sich hinter einem Strauch. Er war müde und erschöpft. Wie er es satt hatte ein Menschenjunge zu sein! Er schaute zum Himmel. Sobald die Sonne aufging, würde er sich in einen Wolf zurückverwandeln. Vorausgesetzt, er hatte das Fell ... O nein, das Fell! Das hing ja noch an der Weide am Bach.

„Verflixt", knurrte Wolfi. Auf keinen Fall konnte er jetzt dorthin zurückkehren. Sicher schwärmten die Jungen noch überall auf der Wiese herum. Hoffentlich entdeckten sie das Fell nicht! Wenn sie es mitnahmen oder versteckten, musste er vielleicht für immer ein Menschenjunge bleiben ... Wolfi schloss vor lauter Entsetzen die Augen und jammerte leise vor sich hin. Wenn Ella bei ihm geblieben wäre, wäre das alles nicht passiert ...

Ihr seht ja Gespenster!

Simon war so wütend wie noch nie. Zusammen mit seinem Freund Felix rannte er hinter Wolfi her, aber schließlich verloren sie seine Spur.

Simon blieb keuchend stehen. „Verdammt, jetzt ist er uns doch entwischt!“

„Wäre nur Bruno dabei!“, japste Felix. Bruno war sein Hund. Felix hatte ihn leider nicht mit ins Zeltlager nehmen dürfen. „Bruno hätte den Kerl geschnappt, glaubst du nicht?“

„Ganz klar“, sagte Simon.

„Der Typ ist mir von Anfang an komisch vorgekommen“, behauptete Felix. „Warum war er allein? Wetten, dass es gar keine Gruppe gibt, die sich Werwölfe nennt?“

„Da kannst du Gift drauf nehmen.“ Simon tippte sich an die Stirn. „Bei dem ist 'ne Schraube locker. Läuft nachts splitternackt durch die Gegend und klaut Klamotten von der Leine. Das macht doch kein normaler Mensch.“

„Hm ... Hast du seine Augen gesehen?“, fragte Felix vorsichtig. „Die Augenbrauen, meine ich. In der Mitte zusammengewachsen. Irgendwie unheimlich, findest du nicht?“

Simon zuckte mit den Achseln.

Felix redete stockend weiter. „In meinem Gruselbuch steht –“ Er brach ab. „Nein, ich sag's lieber doch nicht. Am Ende lachst du mich aus.“

„Quatsch, ich bin doch dein Freund."

„Also – in dem Buch steht, dass Menschen, die zusammengewachsene Augenbrauen haben, Werwölfe sind. Und der Typ hat sogar von Werwölfen geredet!"

„Unsinn", sagte Simon mit heiserer Stimme. „Werwölfe gibt's doch gar nicht."

„Ich hab' mich ja auch bloß an die Stelle im Buch erinnert."

Simon fror plötzlich. „Glaubst du eigentlich an Gespenster?", fragte er leise.

„Früher mal. Jetzt nicht mehr."

Im Gebüsch fiepte etwas und die beiden Jungen zuckten zusammen.

„Nur eine Maus", sagte Felix gepresst.

„Völlig harmlos", ergänzte Simon.

Trotzdem schlotterten den Jungen beim Weitergehen die Knie. „Es hat keinen Sinn mehr", meinte Simon nach einer Weile. „Der Kerl ist untergetaucht. Wahrscheinlich kriege ich meinen Trainingsanzug nie wieder."

Sie kehrten um und gingen langsam zum Zeltlager zurück.

Schweigend schlüpften sie in ihr Zelt und in ihre Schlafsäcke. Aber sie konnten in dieser Nacht kein Auge zutun.

Felix wälzte sich unruhig hin und her. Er musste immer wieder an den fremden Jungen denken. Gegen Morgen hielt er es nicht mehr im Zelt aus und kroch hinaus.

„Wo willst du hin?“, fragte Simon.

„An den Bach mich ein wenig umsehen“, antwortete Felix.

Simon kam mit.

Es war noch ganz früh. Am Horizont zeigte sich ein schmaler heller Streifen, sonst war es noch finster. In den Weiden am Bachufer sangen laut die Amseln.

Felix starrte versonnen auf das fließende Wasser. „Um diese Zeit beißen die Fische am besten.“

„Gibt's hier Fische?“, fragte Simon.

„Keine Ahnung“, erwiderte Felix.

Plötzlich hörten die beiden, wie es in der Nähe raschelte.

„Sch“, warnte Felix und legte den Finger an die Lippen. „Da kommt wer.“

Gespannt schauten die Jungen nach links. Eine Gestalt tauchte am Ufer auf. Simon hätte fast aufgeschrien, als er den fremden Jungen erkannte.

„Still“, zischte Felix und legte seine Hand auf Simons Arm. „Wir wollen erst mal sehen, was er jetzt macht.“

„Er zieht sich aus“, wisperte Simon. „Sicher will er baden. Jetzt können wir uns den Anzug holen.“ Er wollte schon los, aber Felix hielt ihn zurück.

„Nein, er badet nicht. Schau doch. Der geht auf einen Baum zu. Was hängt denn da Dunkles am Ast?“

„Weiß nicht. Ich kann's nicht genau sehen. Eine Decke oder ein Fell.“

Die Jungen waren völlig sprachlos, als Wolfi das Fell herunterzog und es sich überwarf. Mit großen Sprün-

gen überquerte er dann auf allen vieren den Bach und verschwand im Ufergestrüpp.

„Ha – hast du das gesehen?", fragte Simon, der zuerst seine Sprache wiedergefunden hatte. Er klammerte sich an seinen Freund.

Auch Felix schlotterte am ganzen Leib. „Er ist ein Wolf geworden."

„Aber das geht doch gar nicht", rief Simon aufgeregt. „Er kann sich nicht einfach in ein Tier verwandeln!"

„Er ist ein Werwolf, genau wie ich's gesagt habe", flüsterte Felix.

„Werwölfe gibt's doch gar nicht", wimmerte Simon.

„Und was haben wir dann gesehen?", fragte Felix. Die Jungen starrten sich ratlos an. Dann stand Felix auf und zog Simon hoch. „Los, das müssen wir den anderen erzählen."

Sie rannten zurück. Felix lief zum Zelt des Gruppenleiters. „Bert, Bert, wach auf!" Er rüttelte an der Plane.

Nach einer Weile streckte Bert seinen Kopf heraus. Er war noch ganz verschlafen. „Was ist denn passiert?", brummte er.

Felix erzählte stockend, was sie beobachtet hatten.

Bert schaute ungläubig drein. „Unsinn, das hast du doch bloß geträumt! Die Würstchen um Mitternacht sind dir wohl nicht gut bekommen!"

„Nein", mischte sich Simon ein. „Wir haben es mit eigenen Augen gesehen, wie er sich in einen Wolf verwandelt hat!"

Bert krauste die Stirn. „Hört mal, wenn ihr mich geweckt habt nur um mich hier auf den Arm zu nehmen ... “

„Glaub uns doch“, rief Felix. „Wir haben die Geschichte nicht erfunden. Wolfgang ist ein Werwolf, ehrlich.“

Bert sah von einem zum anderen und tippte sich an die Stirn. „Ihr spinnt ja. Wenn ihr mich reinlegen wollt, dann müsst ihr ein andermal wiederkommen.“ Damit kroch er zurück ins Zelt und zog den Reißverschluss wieder zu.

Simon und Felix wechselten einen verzweifelten Blick.

„Was machen wir, wenn der Werwolf wiederkommt?“, wisperte Simon. „Stell dir vor, er überfällt das Zeltlager. Was dann?“

„Wir sind in Gefahr“, sagte Felix. „Los, wir müssen es den anderen erzählen.“

Bis zum Frühstück hatten alle Jungen erfahren, was Felix und Simon gesehen hatten. Im Zeltlager herrschte große Aufregung. Ungefähr die Hälfte glaubte die Geschichte, die anderen hielten die Sache für einen Ulk, den sich Simon und Felix ausgedacht hatten. Einige Jungen bekamen Angst und wollten am liebsten gleich nach Hause.

Bert schüttelte den Kopf. „Ihr seht ja alle Gespenster!“, brüllte er in die Runde. „Ich dachte, ihr seid vernünftige Kerle, die sich nicht so schnell Angst einjagen lassen. Aber da habe ich mich wohl getäuscht!“

Die Jungen guckten verdutzt. Solche Ausbrüche waren sie von Bert nicht gewohnt.

Dann zog Bert Jens und Fabian beiseite. Die beiden waren seine Hilfsgruppenleiter. Zu dritt beratschlagten sie fast eine Stunde lang, dann kehrten sie mit geheimnisvoller Miene zu den anderen zurück. Jens und Fabian schwangen sich gleich aufs Fahrrad um in den nächsten Ort zu fahren.

„Ihr habt offenbar eine Vorliebe für Gespenster und andere Ungeheuer", sagte Bert zu seiner Gruppe. „Deswegen werden wir heute Abend eine Gespensterparty feiern."

Die meisten waren von dem Vorschlag sofort begeistert.

„Toll!"

„Super!"

„Endlich mal was anderes!"

Andere dagegen blieben still. Simon und Felix spürten ein leichtes Frösteln.

„Die Party findet aber nicht hier statt", fuhr Bert fort. Er wies mit dem Daumen zum Berg. „Dort oben steht eine Ruine, die Wildenburg. Dort werden wir die Party feiern. Ich habe Fabian und Jens ins Dorf geschickt, damit sie Tische und Stühle besorgen. Es gibt noch eine Menge Arbeit. Wir brauchen Essen, Getränke und Fackeln. Außerdem muss sich jeder verkleiden. Für das gruseligste Kostüm gibt es einen Preis." Er klatschte in die Hände. „Los, los, was steht ihr noch faul rum? Wer mitmachen will, soll gefälligst mit anpacken."

Bert grinste und sah zufrieden zu, wie sich alle in Bewegung setzten. Wenn die Jungen schon unbedingt Gespenster sehen wollten, dann sollten sie sie auch haben!

Spurlos verschwunden

Ella machte sich Sorgen. Sie suchte die ganze Burg ab ohne Wolfi zu finden. Schließlich hockte sie sich auf den Kistenrand und stützte den Kopf in die Hände.

„So ein dummer Kerl!", schimpfte sie vor sich hin. „Hat sich einfach aus dem Staub gemacht, obwohl er mir versprochen hat hierzubleiben."

Sicher hatte sich Wolfi längst in einen Menschenjungen verwandelt. Was dann in seinem Kopf vorging, wusste Ella nie.

„Er wird schon wiederkommen", brummte Ella und versuchte sich selbst zu beruhigen. „Er weiß ja, dass hier unsere Kisten stehen."

Aber sie wurde keine Spur ruhiger. Am liebsten hätte sie die ganze Umgebung nach Wolfi abgesucht. Aber wenn er gerade zu dieser Zeit zur Burg zurückkam, was dann? Wenn er sie nicht fand, würde er durchdrehen, ganz klar!

„Ich muss hier warten", murmelte Ella und baumelte mit den Beinen. „Unbedingt!"

Doch das Warten fiel ihr schwer. Sie griff in die Kiste und holte den Blumenkranz heraus, den sie für Tante Esmeralda gewunden hatte. Er bestand aus Zweigen des Lebensbaums, Schierling, Eibe und Tollkirsche. Ella fand, dass der Kranz hübsch giftig geworden war, genauso wie Tante Esmeralda ihn liebte. Tante Esmeralda konnte sich den Kranz in ihren Sarg legen. Die getrockneten Pflanzen dufteten richtig gut.

Ella zupfte ein paar Stängel zurecht und legte dann den Kranz zurück. Sie warf einen Blick auf den Mond, der langsam am Himmel entlangwanderte. Herrje, so lange dauerte es gar nicht mehr bis zum Morgen! Wenn ihrem Wolfi etwas zugestoßen war, würde ihr die ganze Geburtstagsparty keinen Spaß machen, so viel stand fest. Bei dem Gedanken, dass Wolfi nicht wiederkommen könnte, rollte Ella eine Träne übers Gesicht.

Ella war so traurig, dass sie sich rückwärts in die Kiste plumpsen ließ, mitten auf den Kranz für Tante Esmeralda. Es pikste. Ella schnellte hoch.

„Ach, du schwarzes Tollkirschenmus!", schimpfte sie. „Jetzt ist der Kranz total zerdrückt! So kann ich ihn unmöglich Tante Esmeralda schenken."

Aus lauter Verzweiflung nagte sie an ihren Fingernägeln – eine Angewohnheit, über die sich ihre Mutter immer schrecklich aufregte. „Damit machst du eines Nachts noch deine wunderschönen Vampirzähne kaputt!", meckerte sie dann.

Doch jetzt dachte Ella nicht an ihre Mutter. Sie überlegte, wie sie den Kranz für Tante Esmeralda in Ordnung bringen konnte. Hier auf der Burg gab es keine Lebensbäume, nur Efeu, Holunder und Millionen von Brennnesseln.

„Mit Efeu sieht der Kranz bestimmt auch ganz nett aus", fand Ella. Sie musste auf den Burgturm schweben um ein paar kräftige Zweige abzumachen, denn dort wuchs der Efeu am schönsten.

Vom Turm aus hatte man eine gute Aussicht. Ella hielt die Hand vor ihre Augen, denn der Vollmond schien so hell, dass er sie blendete. Sie suchte die ganze Gegend nach Wolfi ab, aber sie konnte ihn nicht entdecken. Dort im Tal floss ein kleiner Bach – brrr! Auf der Wiese daneben standen einige Zelte. Ob Wolfi vielleicht irgendwo dort unten war? Ella schauderte. Sie machte sich Vorwürfe.

„Hätte ich ihn doch bloß nicht allein gelassen! Ich bin schuld, wenn ich meinen kleinen, süßen Werwolf nicht wiedersehe! Ich ganz allein!"

Sie schniefte und wischte sich über die Augen. Dann wandte sie sich wieder dem Kranz zu. Das lenkte wenigstens ein bisschen ab.

Nach einer Weile hatte Ella den Kranz wieder hergerichtet. Sie setzte ihn sich probeweise auf den Kopf. Er passte genau. Wirklich schade, dass sie sich nicht im Spiegel sehen konnte. Wolfi hätte ihr sicher gesagt, ob ihr der Kranz stand oder nicht. Ella seufzte. Sie

nahm den Kranz wieder ab und schaute zum Himmel. Nicht mehr lange, dann würde es hell werden. Höchste Zeit Vorsorge für den nächsten Tag zu treffen! Es ging nicht, dass die Kisten mitten auf dem Burghof stehen blieben. Jeder, der zufällig hierher kam, würde sie sehen. Ella grübelte. Bei ihrer Suche nach Wolfi hatte sie ein Gewölbe entdeckt, das einen kleinen Nebenraum hatte. Dort würden die Kisten besser aufgehoben sein.

Ella trank einen Schluck *Bluta* um sich zu stärken, dann stemmte sie sich gegen die erste Kiste. Sie strengte sich an, aber die Kiste bewegte sich keinen Millimeter von der Stelle. Ella fing an zu schwitzen. Sie musste es schaffen, bis die Sonne aufgegangen war. Sonst musste sie in der Kiste im Burghof schlafen und wenn dann jemand versehentlich den Deckel hob ... Nein, lieber nicht dran denken!

Ella drückte mit aller Kraft gegen die Kiste. Endlich rückte sie ein Stückchen vorwärts. Ella kämpfte weiter. Als sie die Kiste endlich ins Gewölbe gewuchtet hatte, war sie patschnass vor Schweiß. Der Himmel war schon grau. In wenigen Minuten würde die Sonne über den Berg steigen. Es war aussichtslos, dass Ella es noch rechtzeitig schaffte die zweite Kiste ins Versteck zu bringen. Trotzdem kehrte sie in den Burghof zurück. Als sie sich gerade kraftlos gegen die zweite Kiste lehnte, tauchte plötzlich ein graubrauner Schatten neben ihr auf.

„Wolfi!“

Der Werwolf sprang stürmisch an ihr hoch. Ella verlor das Gleichgewicht und so purzelten sie beide in den Staub.

„O Wolfi, wo bist du bloß gewesen?", japste Ella. „Ich hab' mir solche Sorgen um dich gemacht. Ich hab' schon gedacht, ich sehe dich nie wieder!"

Wolfi hockte sich auf die Hinterbeine. Seine Augen glänzten vor Freude. „Und ich hab' geglaubt, du bist allein auf die Party gegangen."

Er begann zu erzählen, was passiert war. Als er berichtete, wie die Jungen ihn verfolgt hatten, schrie Ella auf und deutete zum Himmel.

„Schnell, die Sonne!" Sie hastete in das Gewölbe. Wolfi folgte ihr und sprang in ihre Kiste. Ella zog den Deckel zu. „Puh, das war knapp!" Sie zitterte vor Aufregung. „Fast hätte mich ein Sonnenstrahl getroffen. Es ist gerade noch mal gut gegangen."

„Genau wie bei mir", sagte Wolfi. „Die Jungen haben mich nicht mehr gefunden, weil ich mich gut versteckt habe. Erst vorhin hab' ich mir mein Fell zurückgeholt. Ich hatte es am Bach zurückgelassen."

„Du warst ziemlich leichtsinnig", stellte Ella fest.

„Die Würstchen haben gut geschmeckt", erinnerte sich Wolfi und kuschelte sich an Ella. In der Kiste war es zu zweit ziemlich eng, aber das störte Wolfi nicht. Er fand es sogar gemütlich. „Jetzt hab' ich Hunger. Ist noch Futter da?"

Ella tastete in der Kiste herum und fand eine Schachtel *Schnappi*. Wolfi knusperte genüsslich die Brocken und wurde dabei immer müder. Es war ja auch eine anstrengende Nacht gewesen. „Ich glaube, ich schlaf' mal 'ne Runde", murmelte er und gähnte.

Auch Ella spürte, wie erschöpft sie war. Sie legte den Arm um Wolfi. „Hier sind wir ja zum Glück in Sicherheit", flüsterte sie in Wolfis Ohr und war im nächsten Moment eingeschlafen.

Eine schaurige Entdeckung

Wolfi und Ella schliefen so fest, dass keiner von ihnen merkte, was ringsum auf der Burg passierte. Am Nachmittag ging es richtig los: Wie am Tag zuvor holperte ein Lieferwagen den Weg zur Burg hinauf, doch diesmal war das Auto rot. Es gehörte Berts Bruder Oliver und war mit Klappstühlen und Campingtischen beladen. Im Burghof hielt der Wagen an. Vier Jungen sprangen von der Ladefläche und beeilten sich die Stühle und Tische abzuladen.

„Hoppla, hier ist eine Kiste“, wunderte sich ein Junge. „Sind die anderen schon vor uns da gewesen?“

„Keine Ahnung“, antwortete Simon und reckte neugierig den Hals.

Fabian öffnete den Deckel. „Die Kiste ist leer“, stellte er fest. Er schnupperte. „Riecht irgendwie komisch.“

„Wer weiß, wer hier seinen Müll losgeworden ist“, meinte Jens und fing an die Tische und Stühle im Burghof aufzustellen. „Los, packt gefälligst mit an!“

Simon fand die Kiste höchst verdächtig. Sie war groß genug für einen Jungen und ein Werwolf würde auch hineinpassen. Simon konnte es kaum erwarten, dass Felix kam. Felix war ins Dorf gegangen um seinen Hund Bruno zu holen. Mit Bruno wollten sie die Gegend absuchen. Vielleicht würde der Hund den Werwolf aufstöbern. Bert würde Augen machen! Dann würde er nicht mehr behaupten, dass sich Simon und Felix die Sache nur ausgedacht hatten!

Als die Tische und Stühle aufgestellt waren, wendete Oliver den Wagen und fuhr zurück. Gegen Abend würde er noch einmal kommen und die Getränke und den Proviant bringen.

Die Jungen hängten Girlanden und Lampions auf. Sie hatten besonders gruselige Lampions ausgesucht: welche mit Totenschädeln und Gespensterfratzen, mit Vampirgesichtern und glupschäugigen Quabbelmonstern. Auch die Girlanden konnten sich sehen lassen: Piratenflaggen und Fledermäuse, Knochen und Dolche – natürlich alles aus Papier.

Dann steckten die Jungen noch Fackeln in den Boden und in die Mauerritzen. Am liebsten hätten sie die Dochte gleich angezündet, aber Jens schüttelte den Kopf.

„Erst, wenn es dunkel ist." Er machte eine weitschweifige Handbewegung. „Aber es sieht doch schon ganz gut aus, findet ihr nicht? Stellt euch die Burg bei Vollmond vor. Ich kann es kaum abwarten!"

Simon schauderte, obwohl die Sonne heiß vom Himmel brannte. Irgendetwas an der Burg war ihm nicht geheuer. Hoffentlich kam Felix bald mit Bruno.

Aber es dauerte noch über eine Stunde, bis Felix auftauchte. Er kam mit einem Trupp Jungen. Einige schoben ihre Fahrräder, die Gepäckträger mit Decken und Kostümen beladen. Bruno trottete langsam hinterher. Die Zunge hing ihm aus dem Maul. Besonderen Spaß schien ihm dieser Ausflug nicht zu machen. Kein Wunder bei der Hitze!

Simon schoss auf Felix zu. „Na endlich! Ich warte schon eine Ewigkeit auf dich! Wir haben eine Kiste gefunden“, raunte er ihm zu. „Die musst du dir unbedingt anschauen.“

Die beiden nutzten einen unbeobachteten Moment um sich von den anderen abzusetzen. Simon führte Felix zu der Kiste, die noch immer offen stand.

„Die riecht doch genauso wie der Werwolf, oder?“

Felix bewegte die Nasenflügel. „Ich rieche gar nichts“, sagte er dann.

„Dann lass Bruno schnuppern“, schlug Simon vor.

Felix hievte Bruno hoch und hielt ihn einen Moment lang in die Kiste. Bruno strampelte wie verrückt. Felix hätte den Hund um ein Haar fallen gelassen.

„Dummer Kerl“, schimpfte Felix. „Du sollst doch bloß eine Nase voll Werwolfduft nehmen.“ Er setzte Bruno am Boden ab und befestigte die Hundeleine am Halsband. „Los, such, Bruno!“ Bruno hockte auf den Hinterbeinen und schaute freundlich zu Felix hoch.

„Such“, wiederholte Felix leicht ungeduldig.

Bruno wedelte mit dem Schwanz.

„Vielleicht solltest du ihm eine Belohnung versprechen“, meinte Simon.

Felix runzelte die Stirn. „Eine Belohnung? Na gut. Also hör zu, Bruno, wenn du den Werwolf findest, dann kaufe ich dir eine Woche lang das teuerste Hundefutter, das es im Supermarkt gibt.“

Die Worte schienen zu wirken. Bruno setzte sich in Bewegung. Er schnupperte am Boden herum. Plötzlich sahen die Jungen, wie der Hund kaute.

„Eben hat er was gefressen“, sagte Felix.

„Das war bloß ein Kartoffelchip“, erwiderte Simon.

„Na ja, das bringt ihn hoffentlich nicht um.“

Die Jungen ahnten nicht, dass Bruno gerade einen Brocken *Schnappi* gefunden hatte.

Auf einmal schien der kleine Hund wie verwandelt. Er knurrte und zog heftig an der Leine. Seine Augen glänzten.

„Jetzt hat er die Spur“, freute sich Felix. Er konnte Bruno kaum halten. „He, Bruno, halbe Kraft voraus! Wir kommen nicht nach!“

Bruno sauste durch den Burghof, lief im Kreis herum und rückwärts – immer die Nase am Boden. Aus seiner Kehle kam dabei ein Knurren.

„Bruno, hör auf zu spinnen!“, rief Felix.

Jetzt rannte der Hund geradeaus auf eine Mauer zu.

„Da geht's runter“, schrie Simon aufgeregt. Die Stelle hatte er zuvor noch gar nicht gesehen.

Bruno rannte schon die alten Steinstufen hinab und verschwand in einer dunklen Öffnung. Die Jungen jagten hinterher.

In dem Gewölbe war es zuerst so dunkel, dass sie nichts sehen konnten. Doch Bruno zog sie zielstrebig weiter in einen Nebenraum. Dort kläffte er los.

„Still, Bruno!“, rief Felix. „Mit dem Krach weckst du ja Tote auf.“

Bruno winselte herzzerreißend.

„Autsch!“ Simon fluchte. Er hatte sich das Knie angestoßen. „Was war das? Hier ist es ja stockfinster. Hast du keine Taschenlampe dabei?“

„Meine Taschenlampe ist noch bei Benjamin im Fahrradkorb“, sagte Felix. „Soll ich sie holen?“

„Warte.“ Simon erinnerte sich, dass er Streichhölzer eingesteckt hatte. Er fummelte in seinen Hosentaschen herum und holte die Schachtel heraus. Mit zitternden Fingern riss er ein Streichholz an. Im flackernden Licht sahen die beiden Jungen die große Kiste.

„Noch eine Kiste“, flüsterte Simon. Ganz automatisch hatte er seine Stimme gedämpft.

„Vielleicht liegt da der Werwolf drin“, wisperte Felix. „Wer von uns hebt den Deckel hoch?“

Das Streichholz erlosch. Simon versuchte das nächste Hölzchen anzuzünden. Seine Finger zitterten so sehr, dass ihm drei Stück abbrachen.

„Lass mich machen“, drängte Felix.

„Nein, es geht schon.“

Wieder leuchtete eine kleine Flamme auf. Felix trat an die Kiste und holte tief Luft. Dann hob er den Deckel an.

Im Innern der Kiste schlief ein bleiches Mädchen. In den Armen hatte es einen riesigen Wolf.

Felix knallte den Deckel wieder zu. Er war völlig fertig. „Der Werwolf." Seine Stimme versagte. „Und eine Leiche."

Simon ließ das Streichholz fallen und rannte los.

Zwei Sekunden später standen die Jungen wieder im Burghof. Sie schlotterten wie Espenlaub.

„W-w-w-was jetzt?"

„Bert Bescheid geben!"

Doch sie rührten sich nicht vom Fleck, sondern starrten auf das Loch, aus dem sie eben gekommen waren.

„Bruno ist noch drinnen." Felix steckte zwei Finger in den Mund und wollte pfeifen. Es kam kein einziger Ton heraus. „Bruno!", rief er mit heiserer Stimme.

Der Hund ließ sich nicht blicken.

„Lass ihn", meinte Simon. „Dann bewacht er eben solange die Kiste."

„Bist du verrückt?", schnaubte Felix. „Und wenn ihm etwas zustößt?" Aber nicht einmal die Sorge um Bruno brachte ihn dazu allein in das Gewölbe zurückzugehen. Er stand da wie angewurzelt.

Simon hakte ihn schließlich unter. „Los, gehen wir zu Bert! Der wird wissen, was zu tun ist."

Reingelegt!

„Was denn, ihr schon wieder?“ Bert war alles andere als begeistert, als er Simon und Felix sah. Er schleppte gerade Getränkekästen. „Jetzt erzählt mir bloß keine neuen Geschichten über euren Werwolf.“ Er richtete sich auf und wischte sich den Schweiß von der Stirn.

„Aber wir haben ihn gefunden“, sagte Simon schuldbewusst.

„In einer Kiste“, ergänzte Felix.

„Zusammen mit einer Leiche“, fügte Simon hinzu.

Bert stemmte die Hände in die Hüften. „Das wird ja immer toller. Ich glaube, ich muss euch zum Gläserspülen verdonnern, damit ihr mal auf andere Gedanken kommt.“

„Aber es stimmt“, beteuerte Simon. „Ehrenwort!“

„Wir müssen die Polizei rufen“, schlug Felix vor. „Schon wegen der Leiche. Am besten die Kriminalpolizei.“

„Ja, und den Bundesgrenzschutz, den Geheimdienst und die Presse“, äffte Bert den Jungen nach. Er packte Felix am Hemd und zog ihn dicht an sich heran. „Falls ihr es vergessen habt: Dies hier ist eine harmlose Gespensterfete und wir alle wollen eine Menge Spaß dabei haben. Aber wenn du weiterhin solche haarsträubenden Geschichten verzapfst, dann schicke ich dich auf der Stelle nach Hause. Zusammen mit der Leiche und deinem Werwolf. Hast du mich verstanden, Felix?“

Felix nickte. Bert ließ ihn wieder los. Er befahl den beiden Jungen die Limonadenkästen auf die Terrasse zu tragen. Dort spannte Oliver gerade einen Sonnenschirm auf.

„Er glaubt uns nicht“, sagte Simon niedergeschlagen, als sie zu zweit einen Kasten schleppten. „Dabei bräuchte er bloß in die Kiste zu schauen.“

„Ich darf gar nicht dran denken, was vielleicht mit Bruno passiert“, ächzte Felix. „Wenn der Werwolf rauskommt ...“ Er beendete den Satz nicht. Simon wusste auch so Bescheid.

„Na, ihr beide macht vielleicht trübselige Gesichter“, empfing Oliver die beiden Jungen. „Ich hab' gedacht, so eine Gespensterparty wäre richtig nach eurem Geschmack. Aber ihr seht ja aus, als müsstet ihr zu einer Trauerfeier.“

„Oliver“, sagte Simon mit Grabesstimme und setzte den Kasten so heftig ab, dass die Flaschen klirrten, „wenn du eine Leiche gefunden hättest, was würdest du dann tun?“

Oliver ließ die Stange los und der Sonnenschirm klappte wieder zusammen. „Mist! Blödes Ding!“ Er schaute die Jungen erstaunt an. „Wieso Leiche? Habt ihr einen toten Maulwurf gefunden?“

„Nein, ein Mädchen“, sagte Felix. Seine Stimme klang rau.

Oliver wurde blass unter seiner gebräunten Haut. Er strich sich das Haar aus der Stirn. „Macht ihr etwa Witze?“

Simon und Felix schüttelten den Kopf. Felix schluckte. „Komm mit, schau dir die Kiste selbst an."

„Und nimm eine Taschenlampe mit", fügte Simon hinzu.

Oliver folgte den beiden. Er fühlte sich unbehaglich, obwohl er nicht an die Leiche glaubte.

„Da drinnen", sagte Simon, als sie vor dem Loch angekommen waren.

Die Jungen ließen Oliver den Vortritt.

Oliver knipste seine Taschenlampe an. Der Lichtkegel streifte Boden, Wände und Decke des Gewölbes. „Leer", rief Oliver. Seine Stimme hallte.

„Im Nebenraum", flüsterte Felix.

Oliver schlüpfte durch die Öffnung. Die Jungen folgten ihm auf den Fersen. „Tatsächlich, hier ist eine Kiste“, sagte Oliver.

„Da drin liegt sie.“ Simon zeigte auf den Deckel.

Oliver zögerte, dann hob er den Deckel an. Die Scharniere quietschten.

Felix und Simon rissen die Augen auf. Die Kiste war leer. In der Ecke lagen nur noch eine Schachtel Kartoffelchips und eine halb ausgetrunkene Kakaoflasche.

Oliver lachte und schlug den beiden auf die Schulter. „Prima, Jungs“, sagte er. „Kleiner Test für die Nerven, wie? Guter Scherz. Ihr habt mich drangekriegt. Es hat mich wirklich gegruselt. Und jetzt gehen wir wieder rauf zu den anderen, okay?“

Simon und Felix kamen sich vor wie begossene Pudel, als sie hinter Oliver das Gewölbe verließen.

Erst als sie die Terrasse erreichten, fiel Felix siedendheiß etwas ein. Er rüttelte Simon am Arm. „He, wo ist eigentlich Bruno?“

Gräfin Ella von und zu Wildenburg

„Fliegensalat und Mäuseschwanz!“, fluchte Ella. „Das war höllisch knapp. Wir sitzen in der Patsche! Wenn die wiederkommen, was dann?“

Ella und Wolfi hatten sich ganz eng in eine Ecke gedrückt und keinen Mucks von sich gegeben. Zum Glück hatten Oliver, Felix und Simon nur auf die Kiste geschaut und sich nicht weiter im Raum umgesehen. Doch Ella war der Schreck in die Glieder gefahren. Sie schlotterte am ganzen Leib.

„Hier sind wir nicht mehr sicher. Wir müssen die Kiste sofort woanders hinstellen“, forderte sie.

„Aber wie und wohin?“, fragte Wolfi. „Draußen ist es doch immer noch hell.“ Er lief in den Nebenraum und spähte vorsichtig zur Tür hinaus um die Lage zu peilen. Aufgeregt kehrte er zu Ella zurück. „Es ist noch schlimmer, als du denkst. Auf der Burg wimmelt es nur so von Leuten“, berichtete er.

„O nein!“, jammerte Ella und raufte sich die Haare. „Wo kommen die bloß alle her?“

„Frag lieber, wann sie wieder gehen“, brummte Wolfi. Er hatte schlechte Laune. Als er aufgewacht war, stand ein kleiner Kläffer vor der Kiste. Zum Glück musste Wolfi nur einmal laut knurren. Das reichte. Der Hund zog gleich den Schwanz ein und suchte das Weite. Trotzdem hatte Wolfi lieber Ella geweckt. Beide hatten gespürt, dass Gefahr drohte, und waren rechtzeitig aus der Kiste geklettert.

Aber jetzt war guter Rat teuer. Ella, sonst nie um einen Einfall verlegen, biss verzweifelt an ihren Fingernägeln herum. Die Kiste konnten sie erst wegschaffen, wenn die Sonne untergegangen war. Ella selbst konnte sich auch kein anderes Versteck suchen, wenn sie keinen tödlichen Sonnenbrand riskieren wollte. Nur Wolfi konnte sich in Sicherheit bringen.

„Los, versteck dich", befahl Ella ihrem Freund. „Dir macht das Tageslicht nichts aus. Du brauchst wirklich nicht hier zu warten, bis sie uns erwischen."

„Ausgeschlossen", knurrte Wolfi. „Ich bleibe bei dir und beschütze dich."

Ella lächelte schwach. Sie wusste, wenn die Menschen erst einmal einen Vampir witterten, dann gaben sie nicht eher Ruhe, bis sie ihn zur Strecke gebracht hatten. Ihr eigener Urgroßonkel Balduin war auf diese Weise umgekommen und jeder im Bekannten- und Freundeskreis der Vampirellas kannte ähnliche Schicksale. Nein, es durfte nicht der leiseste Verdacht auf sie fallen, dass sie ein Vampir sein könnte. Ella grübelte. Plötzlich hatte sie eine Idee.

„Ich verkleide mich", rief sie und ihre Augen funkelten. „Ich bin eine vornehme Gräfin, Ella von und zu Wildenburg. Mir gehört diese Burgruine und jeder, der hier Unfug treibt, soll mich kennen lernen." Sie reckte entschlossen das Kinn, ging zur Kiste, holte den Kranz heraus und drückte ihn sich auf ihr Haar. Wie gut, dass sie wegen Tante Esmeraldas Party schon ihre besten Kleider angezogen hatte! Ella klopfte den Staub ab, versuchte die Falten zu glätten und bemühte sich um eine vornehme Haltung, indem sie steif im Raum hin und her stakste. „Wie sehe ich aus, Wolfi?“

Wolfi zögerte. Der Kranz rutschte Ella immer wieder ins Gesicht und das Gestakse sah einfach lächerlich aus. Aber wenn Ella nun mal beschlosssen hatte eine Gräfin zu spielen, dann war es besser ihr nicht zu widersprechen.

„Du siehst großartig aus, Ella“, brummte Wolfi und überkreuzte dabei unauffällig seine Hinterbeine. „Richtig klasse! Werwolf-Ehrenwort!“

Ella lachte. Sie schöpfte wieder neuen Mut. „Wenn die Sonne untergegangen ist, dann vertreiben wir einfach alle Leute, die hier herumlaufen. Und ich bin sicher, dass Tante Esmeralda bald einen Wagen schickt, der uns abholt und zur richtigen Burg bringt. Dann kommen wir doch noch zu unserer Party.“

Seltsame Partygäste

Felix fand Bruno am Eingang des Turms. Der Hund hockte verstört im Gras. Felix hob ihn hoch. „Du armer Kerl! Du zitterst ja. Was hast du bloß gesehen? Ach, wenn du doch reden könntest!“

Bruno winselte nur.

„Wenigstens hast du deinen Hund wieder“, meinte Simon. Auch er hatte sich schon Sorgen um Bruno gemacht.

Felix zauste dem Tier das Fell. „Keine Angst, Bruno, ich schicke dich bestimmt nicht mehr ins Loch. Und ich lasse dich auch bestimmt nicht mehr mit einem Werwolf allein.“ Er setzte Bruno wieder auf den Boden.

„Glaubst du, das Mädchen ist wirklich tot?“, fragte Simon.

„Warum liegt sie sonst mitten am Tag in einer Kiste?“, fragte Felix zurück. Plötzlich kam ihm ein Gedanke und er biss sich auf die Lippen. „Es sei denn ...“ Er schüttelte den Kopf. Nein, das war wirklich zu abenteuerlich!

„Es sei denn, was?“, bohrte Simon nach.

Felix zögerte. „Hast du schon mal was von Vampiren gehört?“

„Klar, ich bin doch nicht dumm.“ Simon erbleichte. „Ist das dein Ernst? Du meinst, das Mädchen ist ein Vampir?“

Felix hob die Schultern. „Wenn wir eine Spiegelpro-

be gemacht hätten, hätten wir es erfahren. Vampire haben nämlich kein Spiegelbild."

Simon schluckte. Im Nachhinein war er froh, dass Felix die Sache mit der Spiegelprobe erst jetzt eingefallen war. Sein Gruselbedarf war im Moment völlig gedeckt. „Ich glaube, wir erzählen Bert lieber nichts von unserem Verdacht", schlug er vor.

Felix runzelte die Stirn. „Und wenn sie hier auf der Burg irgendwo ihren Unterschlupf hat? Stell dir vor, wenn sie heute Nacht rauskommt!"

Simon sehnte sich nach einem Raum mit geschlossenen Fenstern und einem sicheren Bett. „Knoblauch", krächzte er, „Knoblauch hilft!"

„Wogegen hilft Knoblauch?", fragte eine Stimme hinter ihnen.

Die beiden Jungen schnellten erschrocken herum. Sie hatten überhaupt nicht gemerkt, dass Bert gekommen war.

„Gibt's Probleme?", erkundigte sich der Gruppenleiter. „Warum braucht ihr Knoblauch?"

„Äh, oh", stotterte Simon verlegen und wurde knallrot. „Knoblauch soll ganz gut für die Verdauung sein, weiter nichts."

„Bewegung ist auch gut für die Verdauung", sagte Bert. „Und deswegen werdet ihr beiden mir helfen den Verstärker aufzustellen und die Leitungen zu den Lautsprechern zu ziehen. Wenn ihr damit fertig seid, weiß ich noch mehr, was ihr tun könnt anstatt die Leute dauernd mit euren blöden Gruselgeschichten zu nerven!"

Als Simon und Felix endlich alle Arbeiten erledigt hatten, war die Dämmerung hereingebrochen.

„Hallo, Jungs", rief Bert ins Mikrofon und seine Stimme wurde von den großen Lautsprechern übertragen, „hiermit eröffne ich die erste Party der diesjährigen Gespenstersaison. Ich wünsche euch viel Spaß! Alle dürfen tanzen, so viel sie wollen. Getränke, Brötchen und Knabberzeug gibt es bei Oliver!"

Er schob eine Kassette in den Rekorder. Gleich darauf erklangen Musikstücke wie *Frankensteins Tango, Die Monsterserenade* und *Das Gespensterballett*. Die meisten Jungen waren inzwischen verkleidet. Sie hatten sich mit ihren Kostümen viel Mühe gegeben und sahen zum Fürchten aus.

Jetzt erst kamen Felix und Simon dazu sich umzuziehen.

„Eigentlich ist das Verkleiden albern", meinte Felix. „Wenn ich daran denke, in welcher Gefahr wir schweben ..." Trotzdem stülpte er sich eine Wassermannmaske aus Gummi über. Mit seinem grünen Trainingsanzug sah er aus wie ein Gespenst, das gerade einem Tümpel entstiegen war.

Simon band sich ein buntes Kopftuch um und setzte eine Nickelbrille ohne Gläser auf. Dann zog er einen langen Rock und eine Strickjacke an. Beides hatte seiner Oma gehört, aber sie trug die Sachen schon lange nicht mehr. Felix half seinem Freund den Rücken mit einem Kissen auszupolstern.

„Ich bin die Hexe Simone“, kicherte Simon. Doch gleich darauf verzog er das Gesicht. „Ich sterbe vor Angst, weißt du das?“

„Mir geht's genauso“, gestand Felix. „Wenn wir Knoblauch hätten, würde ich mich viel wohler fühlen.“

„Vielleicht hilft Mottenpulver auch“, hoffte Simon.

Sie mischten sich unter die anderen Jungen, die schon wild im Burghof herumhopsten und zur Musik tanzten und grölten. Plötzlich brach die Musik ab. Alle hörten auf zu tanzen und starrten auf eine Gestalt, die auf einer Terrasse erschienen war.

„Die Leiche“, flüsterte Simon und klammerte sich an Felix.

„Der Vampir“, stieß Felix aus. „Zusammen mit dem Werwolf!“ Seine Knie gaben nach.

Auch Bert und Oliver reckten verblüfft die Hälse. Das Mädchen hatte einen dicken Kranz auf dem Kopf und trug ein seltsames Kleid. Der Hund, den es bei sich hatte, war riesig.

„Seid gegrüßt", rief Ella mit ihrer hellen Stimme in den Burghof. „Ich bin Gräfin Ella von und zu Wildenburg. Mir gehört diese Burg und ich hätte gerne gewusst, warum hier eine Party stattfindet."

Bert und Oliver wurden unsicher.

„Hast du schon was von einer Gräfin gehört?", fragte Oliver leise seinen Bruder.

Bert schüttelte den Kopf. „Die Burg gehört doch schon lange der Gemeinde. Und ich hab' die Erlaubnis vom Bürgermeister, dass wir hier feiern dürfen, wenn wir alles wieder aufräumen." Laut rief er: „Ich weiß nichts von einer Gräfin Wildenburg, tut mir Leid."

Die Jungen im Burghof raunten. Als Wolfi drohend knurrte, trat wieder Ruhe ein.

„Das ist dein Pech", meinte Ella. „Die Burg ist seit Jahrhunderten im Besitz meiner Ahnen. Mein Urururgroßvater, Franz der Schreckliche, hat sie eigenhändig gebaut. Leider fiel ihm dabei ein Stein auf den Kopf und er kam um. So musste sein Sohn, Adelmus der Ungeschickte, sein Werk vollenden."

„Kannst du uns vielleicht die Besitzurkunde zeigen?", fragte Oliver und zwinkerte seinem Bruder zu. Ganz klar, einer von den Jungen hatte seine Schwester beauftragt hier eine Schau abzuziehen. Eine gelungene Überraschung, wirklich!

„Ich habe keine Besitzurkunde", erklärte Ella. „Aber vielleicht reicht es, wenn ich dir die Gebeine meines Ururururgroßvaters zeige." Sie hielt etwas in die Höhe, das wie ein Knochen aussah.

Bert grinste und deutete eine Verbeugung an. „Dann entschuldige bitte, werte Gräfin, dass wir deine Burg einfach so benutzen. Natürlich hören wir auf, wenn du möchtest. Aber vielleicht willst du lieber an unserer Feier teilnehmen? Du bist herzlich willkommen!"

Ella lächelte zurück. Der schwere Kranz rutschte ihr ins Gesicht. „Danke für die Einladung", sagte sie. „Ich mache mit, denn ich liebe Partys!" Sie hielt ihr Kleid an einer Seite fest und kam von der Terrasse herunter.

„Bert ist verrückt", zischte Felix. „Weiß er überhaupt, worauf er sich da einlässt? Ein Werwolf und ein Vampir auf unserem Fest ... Das geht bestimmt nicht gut!"

Zur gleichen Zeit flüsterte Ella Wolfi zu: „Es ist nett, dass sie uns eingeladen haben, aber vor Mitternacht musst du dich unbedingt zurückziehen. Sie dürfen auf keinen Fall sehen, wie du dich in einen Jungen verwandelst. Hast du mich verstanden?"

„Klar", knurrte Wolfi. „Wenn es am schönsten ist, dann soll ich verschwinden. Das ist immer so."

„Dummkopf", schalt ihn Ella. „Gar nicht immer. Ich war noch nie auf einer Party. Ich will endlich wissen, wie das ist."

Inzwischen hatte die Musik wieder angefangen. Durch die Lautsprecher dröhnten der *Vampirblues*, die *Werwolfträume* und der *Skelettrock*. Ella spürte, wie ihr die Musik in die Beine fuhr. Oh, sie liebte es zu tanzen! Ihre Füße waren federleicht, als sie sich drehte, und das dünne Kleid flatterte wie Fledermausflügel. Nur der dumme Kranz verrutschte dauernd, aber Ella traute sich nicht ihn abzusetzen.

Die Jungen drängten sich neugierig um das fremde Mädchen. Ein bisschen bleich sah die Fremde schon aus und dann diese hohlen Wangen und die spitze Nase ... Aber ihre Augen hatten ein eigentümliches Funkeln, das vielen Jungen gefiel. Ella sah aus wie jemand, der ständig zu Streichen aufgelegt war.

Auch Felix und Simon versuchten näher an Ella heranzukommen. Sie hatten sich vorgenommen das Mädchen zu enttarnen. Wenn sie vor den anderen beweisen konnten, dass die Fremde kein Spiegelbild hatte, dann mussten man ihnen einfach glauben!

Das Problem war, dass weder Simon noch Felix einen Spiegel eingesteckt hatten. Sie hüpften neben Ella herum, erhaschten einen Blick auf ihr bleiches Gesicht und stellten Vermutungen über ihre Zähne an.

„Wenn sie nur den Mund weiter aufmachen würde“, flüsterte Simon. „Aber sie lächelt immer nur so, dass man ihre Eckzähne nicht richtig sehen kann. Ich wette, die sind lang und spitz!“

„Ein Löffel“, entfuhr es Felix. „Wir haben zwar keinen Spiegel, aber mit einem Löffel müsste es auch gehen. Wir lotsen sie irgendwie an einen Tisch ...“

Ella hatte nach ein paar Tänzen selber genug. Der Kranz auf ihrem Kopf hatte einige Blätter verloren und wurde zunehmend welker. Ella war vom Herumhüpfen durstig. Die Jungen boten ihr Limonade und Cola an, aber Ella schüttelte den Kopf.

„Nein, danke, das kann ich nicht trinken. Ich hab' mein eigenes Getränk dabei." Sie verschwand und kam nach einiger Zeit mit einer Flasche *Bluta* und einer Schachtel zurück.

„Bluta", las Fabian begeistert. „Nie gehört. Klingt ja gruselig. Ist da wirklich Blut drin?"

„Nur Ersatzstoffe", entgegnete Ella und setzte den Flaschenhals an die Lippen.

„Hast du das gehört, Felix?", flüsterte Simon aufgeregt.

Doch Felix reagierte nicht. Er hatte einen Löffel besorgt und strengte sich an ihn so zu drehen, dass sich Ella darin spiegeln musste – vorausgesetzt, sie hatte ein Spiegelbild. Aber Ella hielt einfach nicht still. Sie lief dauernd hin und her.

„Schnappi" las Fabian auf der Schachtel, die Ella in der Hand hielt. „Was sind denn das für Kartoffelchips?" Und ehe Ella es verhindern konnte, hatte er in die Schachtel gegriffen, sich eine Handvoll Futter herausgeholt und in den Mund gestopft.

„Hmmmm, schmeckt ein bisschen scharf, aber nicht übel.“ Fabian grinste breit. Er wollte noch einmal zugreifen, aber Ella zog die Schachtel weg.

„Ich glaube nicht, dass es dir gut bekommt“, sagte sie. „Eigentlich ist es Wer.. äh ... Hundefutter.“

Jetzt hatte Felix endlich den Löffel richtig gedreht. Die Jungen links und rechts neben Ella spiegelten sich in dem Metall, aber Ella selbst war unsichtbar. Felix schluckte. Das war der Beweis!

„Hört mal her“, schrie er. „Wisst ihr, was mit diesem Mädchen da los ist? In Wirklichkeit ist sie ein –“

Ella riss erschrocken die Augen auf. In dem Moment wurde der Burghof in gleißendes Licht getaucht. Ein großer Wagen rollte herein, die Scheinwerfer waren grell aufgeblendet.

„Wer kommt denn da?“, fragte Bert verwundert.

„Sieht fast aus wie ein Leichenwagen“, meinte ein Junge.

„Wenn das ein Scherz sein soll, dann ist er ziemlich geschmacklos“, knurrte Oliver.

Es war eine schwarze Limousine, sehr lang und sehr breit mit dunkel getönten Scheiben. Der Wagen hielt, die Fahrertür ging auf und ein vornehm gekleideter Chauffeur stieg aus.

„Wenn der Kerl keinen Anzug anhätte, würde man ihn glatt für eine Mumie halten!“, flüsterte Simon aufgeregt.

Felix ärgerte sich, weil ihm keiner mehr zuhörte, sondern alle auf den Wagen schauten.

Der Chauffeur öffnete die hintere Wagentür und eine spindeldürre Dame stieg aus. Sie war ganz in Schwarz und verschleiert.

„Vielleicht ist das die echte Gräfin", flüsterte jemand.

„Das Auto hat kein Nummernschild", meinte Oliver beunruhigt.

Die Dame lüftete den Schleier und sah in die Runde. Ihr Gesicht war uralt, aber die Augen hatten das gleiche Funkeln, das den Jungen auch bei Ella aufgefallen war.

„Guten Abend", sagte die Fremde. „Bin ich hier richtig auf der Wildenburg? Ich erhielt eine Nachricht, dass jemand darauf wartet abgeholt zu werden!"

„Tante Esmeralda!“, schrie Ella, drängte sich durch die Menge und flog der alten Dame an den Hals. „Wie schön, dass du da bist! Ach, ich freue mich so.“

„Ich wette, die Alte ist auch ein Vampir“, sagte Felix leise. „Sie gehört sicher zur gleichen Sippschaft!“

„Ella Vampirella“, lachte Esmeralda und drückte Ella an ihr Herz, „Kind, wie bist du gewachsen! Du bist wirklich groß für deine dreiundachtzig Jahre!“

Bert und Oliver tauschten einen Blick. Dreiundachtzig Jahre? Was zum Teufel wurde hier gespielt?

„Aber Kindchen“, Esmeralda schob Ella ein Stück von sich weg, „in welche Gesellschaft bist du da geraten?“ Die Nasenflügel der Alten bebten. „Das sind doch lauter Menschen, wenn ich mich nicht irre ...“

Ella sah das verräterische Glitzern in Tante Esmeraldas Blick. Sofort packte sie ihre Tante fest am Ärmel. „O nein", sagte sie. „Essen kannst du später, Tante. Du wolltest Wolfi und mich doch nur abholen, hast du das vergessen?"

„Du weißt doch, dass ich bei so wunderschönen Gelegenheiten nie widerstehen kann." Tante Esmeralda ließ ihren Blick über die Jugendgruppe schweifen. „Herrlich junges Blut ..." Sie leckte sich die Lippen.

Felix war nahe daran in Ohnmacht zu fallen.

„Nein, Tante Esmeralda!", sagte Ella streng. „Das gibt nur Ärger, ganz bestimmt!"

„Och, Kind, du gönnst deiner alten Tante aber überhaupt kein Vergnügen", maulte die Dame und machte ein enttäuschtes Gesicht. „Na gut, die Zeiten haben sich geändert. Jetzt bestimmt das junge Gemüse, was gemacht wird." Sie seufzte tief. „James?" Ihre Stimme klang befehlend. „Meine Nichte und ihr Werwolf wollen einsteigen."

„Sehr wohl." Der Chauffeur öffnete mit einer Verbeugung alle Wagentüren.

Ella sah sich um. „Wolfi", rief sie. „Wo steckst du? Wir wollen fahren!"

Wolfi kam aus einer Ecke angeschossen und verschwand mit einem Satz im Wageninneren.

„Und was ist mit unseren Kisten?", fragte Ella, als sie schon einsteigen wollten.

„Keine Sorge, ich habe genug Gästekisten", beruhigte Tante Esmeralda ihre Nichte.

Ella ließ sich in die Polster fallen. Der Kranz rutschte ihr jetzt ganz vom Kopf. Sie gab ihn ihrer Tante. „Dein Geburtstagsgeschenk. Tut mir Leid, Tante, er hat etwas gelitten. Aber wenn du ihn ein bisschen in frisches Wasser legst, wird er sich wieder erholen."

„In fließendes Wasser – bist du von Sinnen?"

„Ich hab' *frisches* Wasser gesagt, Tante!"

Esmeralda seufzte noch einmal. Sie warf einen letzten Blick auf die Jungen, die alle nur dastanden und fassungslos starrten. „Eine merkwürdige Gesellschaft. Im Übrigen stelle ich mir eine richtig schaurige Party ein wenig anders vor. Nicht so einen nachgemachten Kram. Und vor allem braucht man gute Musik." Sie sprach lauter. „Warum spielt denn hier keine richtige Band, zum Beispiel die *Leibhaftigen*?"

Bert hob hilflos die Schultern. „Die kennen wir leider nicht."

„Oder die *Totengräber*, die *Tollen Jenseitsknaben* oder die *Bestialischen Ritter*? Aber ich merk' schon. Ihr habt alle keinen guten Geschmack."

Damit ließ sie den Schleier fallen und stieg endlich in den Wagen. Der Chauffeur schloss die Türen und stieg selbst ein. Dann rollte der Wagen rückwärts aus dem Burghof.

„Pfff!" Oliver stieß die Luft aus. „Hast du eine Ahnung, wer die Alte gewesen ist?"

Felix schwenkte eifrig seinen Löffel. „Ich kann euch alles erklären."

Doch Bert und Oliver sahen an ihm vorbei. Sie hatten etwas anderes entdeckt. „Probleme, Fabian?"

Fabian rieb sich das Gesicht. Es juckte unerträglich. Auf beiden Wangen sprossen kräftige Barthaare und als Fabian seinen Mund öffnete, sah man seine weißen, langen Eckzähne. „Dieses blöde *Schnappi*! Hätte ich bloß nichts davon gegessen!"

Bert klopfte ihm aufmunternd auf die Schulter. „Jetzt wart's mal ab. Vielleicht vergeht es wieder von selbst. Und wenn nicht, dann musst du dich eben rasieren und zum Zahnarzt gehen. Ich denke, es gibt Schlimmeres!"

„Darf ich jetzt endlich –", begann Felix noch einmal, aber Oliver und Bert brüllten ihn gleichzeitig an: „Verschon uns mit deinen Gruselgeschichten!"

Marliese Arold wurde 1958 in Erlenbach am Main geboren. Sie studierte an der Fachhochschule für Bibliothekswesen in Stuttgart, mit dem besonderen Schwerpunkt Kinderbibliothek. Ihre Diplomarbeit schrieb sie über Pferdebücher. Aber sich Bücher auszudenken fand sie dann doch viel spannender als nur Bücher auszuleihen. Ihre ersten Bücher erschienen 1983, kurz vor der Geburt ihrer Tochter. Mittlerweile hat sie noch einen Sohn und etliche weitere „geistige Kinder" zur Welt gebracht.

Philip Hopman wurde 1961 in einem kleinen niederländischen Dorf am Meer geboren. Er studierte Grafik und Illustration an der Rietveld-Akademie in Amsterdam. 1991 gründete er mit zwei Kollegen ein Studio an der Prinsengracht, einem Amsterdamer Kanal. Philip Hopman hat bereits zahlreiche Kinder- und Jugendbücher illustriert.